Le secret
de Beck

par Tennant Redbank
illustré par Denise Shimabukuro et
the Disney Storybook Artists

Beck regarde à sa droite.

Elle regarde à sa gauche.

Elle regarde derrière elle.

Puis, elle sourit.

Elle est seule.

Le secret
de Beck

© 2010 par Disney Enterprises, Inc. Tous droits réservés.

Presses Aventure, une division de
LES PUBLICATIONS MODUS VIVENDI INC.
55, rue Jean-Talon Ouest, 2ᵉ étage
Montréal (Québec) H2R 2W8
CANADA

Publié pour la première fois en 2010 par Random House sous le titre *Beck's Bunny Secret*

Traduit de l'anglais par Andrée Dufault-Jerbi

Dépôt légal : Bibliothèque et Archives nationales du Québec, 2010
Dépôt légal : Bibliothèque et Archives Canada, 2010

ISBN 978-2-89660-100-4

Tous droits réservés. Aucune section de cet ouvrage ne peut être reproduite, mémorisée dans un système central ou transmise de quelque manière que ce soit ou par quelque procédé, électronique, mécanique, de photocopie, d'enregistrement ou autre, sans l'autorisation écrite de l'éditeur.

Nous reconnaissons l'aide financière du gouvernement du Canada par l'entremise du Programme d'aide au développement de l'industrie de l'édition (PADIÉ) pour nos activités d'édition.

Gouvernement du Québec – Programme de crédit d'impôt pour l'édition de livres – Gestion SODEC

Imprimé au Canada

Elle repousse de
part et d'autre les
brins d'herbe et se
faufile entre eux.

Beck a un secret.

Aussi doux que le velours.

Beck prend soin d'un bébé

lapin appelé Bitty.

« Personne ne doit savoir que
tu es là, confie Beck à Bitty,
en caressant ses oreilles douces.
Et Fawn plus que quiconque. »
Fawn taquine toujours Beck
à propos des bébés animaux
dont elle s'entiche.

Ce n'est pas la première fois que Beck vient en aide à un animal sauvage. Tout a commencé avec le bébé putois. Pouah! Rosetta en a voulu à Beck pendant des mois!

Il y a eu ensuite le bébé
crapaud verruqueux. Il était
si mignon ! Mais la peau de Beck
s'est vite recouverte de vilaines bosses.

La pire fois fut celle où Beck
a découvert un œuf au marais.
Elle ignorait qu'il abritait
un bébé crocodile !

Puisque Fawn ne fait que gronder Beck
à cause des bébés animaux, celle-ci
ne veut pas s'attirer d'ennuis.
« Tu es si mignon ! » dit-elle
en caressant la fourrure
soyeuse de Bitty.
Soudain, une voix l'appelle.

« Beck ! Où es-tu ? » dit la voix.

Beck a le souffle coupé.

C'est la voix de Fawn !

« Chut ! » dit-elle à Bitty

avant d'aller retrouver Fawn.

« Te voilà enfin ! » dit Fawn en apercevant Beck.

Frotte, frotte, frotte.

« Quel est ce bruit ? » demande Fawn.

Beck a le visage tout rouge.

Bitty doit être en train de sautiller

partout ! *Frotte, frotte, frotte.*

« Le bruit provient de cette touffe

d'herbe ! » s'écrie Fawn en montrant

du doigt la cachette de Bitty.

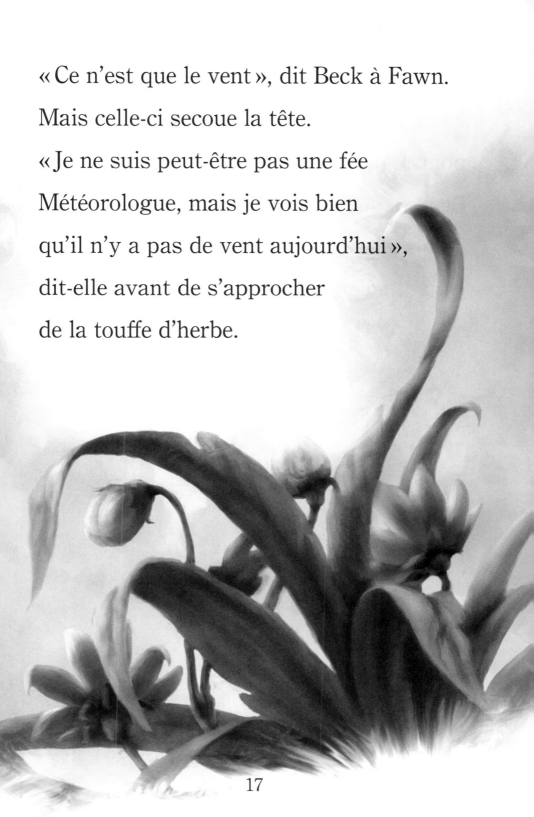

« Ce n'est que le vent », dit Beck à Fawn.

Mais celle-ci secoue la tête.

« Je ne suis peut-être pas une fée

Météorologue, mais je vois bien

qu'il n'y a pas de vent aujourd'hui »,

dit-elle avant de s'approcher

de la touffe d'herbe.

Beck se couvre les yeux tandis que
Fawn repousse les brins d'herbe
pour regarder derrière.

Beck risque un coup d'œil entre ses
doigts écartés. La place est vide !

Bitty a levé les pattes !

Beck baisse les mains.
« Tu vois ? Ce n'était
que le vent », dit-elle.
Fawn hausse les épaules,
puis elle s'envole au loin.

Beck s'empresse aussitôt

de plonger à travers l'herbe.

Elle a beau fouiller tout l'endroit,

Bitty ne s'y trouve plus.

Bitty a disparu ! Beck doit absolument
le retrouver. Mais où un bébé lapin
peut-il bien avoir envie d'aller ?
Songeant que les lapins adorent
grignoter, Beck se dirige du côté
des jardins. Elle examine le
carré de laitues, mais en vain.

Puis, elle passe en

revue le carré de carottes.

Tout semble à l'ordre là aussi.

Il n'y a pas la moindre trace de Bitty.

Beck examine les petits pois...

puis les haricots...

et les betteraves.

Aucun bébé lapin

n'est venu grignoter.

Beck vole jusqu'au moulin à poussière.
« Quelqu'un est-il venu manger un
peu de tes graines de citrouille ? »
demande-t-elle à Térence.
Mais l'homme-hirondelle
secoue la tête.

Peut-être que Bitty n'a pas faim.

Peut-être a-t-il soif !

Beck se rend au ruisseau.

Rani s'y trouve, en train de
fabriquer un bateau de feuilles.

« As-tu vu des traces de pattes
aux alentours ? demande Beck
à la fée Aquatique. »

« Non, répond cette dernière.
Mais j'irai te le dire si j'en vois ! »

Mais où donc est passé Bitty ?

Beck vérifie le nid de

Maman Colombe.

Puis l'atelier de Clochette.

Elle passe ensuite au studio de Bess.

Et au jardin de Lily.

Bitty ne se trouve nulle part !

Beck vole jusqu'au salon de thé.

Dulcie, la fée Pâtissière, est affolée.

« Quelque chose est venu grignoter

mon gâteau aux carottes ! » gémit-elle,

en montrant celui-ci du doigt.

Une grosse part de gâteau

manque sur l'un des côtés.

Ce doit être Bitty, songe Beck
avec espoir, en serrant les mains.

Elle a beau regarder autour d'elle,
elle ne voit toujours pas le bébé lapin.

Elle aperçoit plutôt Prilla, les lèvres
barbouillées de sucre à glacer et
le morceau de gâteau manquant
entre les mains.

« C'est bon ! » fait celle-ci,
à l'intention de Beck.

Les ailes affaissées, la fée quitte
lentement le salon de thé. Elle a
cherché partout, sans apercevoir
la moindre trace de Bitty.
Beck soupire.
Elle n'a plus le choix.

Elle va devoir demander à Fawn de l'aider.

Celle-ci va sûrement la taquiner, mais elles

parviendront certainement à retrouver

le bébé lapin perdu en unissant

leurs efforts.

Beck revient à l'endroit où elle
a rencontré Fawn un peu plus tôt.
Fawn n'est pas là, mais Beck
entend soudain un bruit familier.
Frotte, frotte, frotte.
Le bruit provient d'un
bouquet de trèfles.

Beck s'approche davantage.

La fée repousse les feuilles des trèfles.

C'est là qu'elle découvre Fawn...

en compagnie de Bitty !

« Fawn ! » s'écrie Beck.

Fawn sursaute.

Son scintillement vire au rose vif.

« Oh ! Beck ! Je suis en train de prendre soin de ce bébé lapin, dit-elle. Je ne te l'ai pas dit parce je te taquine toujours lorsque tu recueilles des bébés animaux. »

Beck se met à rire sans pouvoir s'arrêter.

« Qu'est-ce qu'il y a de si drôle ? »
demande Fawn, en posant les
mains sur les hanches.

« Je m'occupe de ce lapin aussi, dit Beck. Alors, tu vois, chacune prend soin de Bitty en secret... toute seule de son côté ! »

Fawn se met à rire, elle aussi.

Beck et Fawn se tendent la main

au-dessus du pelage soyeux de Bitty.

« J'ai une idée, dit Beck.

Dorénavant, nous prendrons

soin de Bitty toutes les

deux ensemble ! »